I0546377

ye   21719

EXTRAITS

DES

MORCEAUX DE POÉSIE

Insérés dans l'ouvrage intitulé

LES TROIS ÉPOQUES.

Pour bien des cœurs le passé n'est qu'un songe ;
Le présent fuit sans pouvoir le fixer ;
Et l'avenir est un brillant mensonge
Que notre espoir se plait à caresser.

(*Epigraphe de l'ouvrage.*)

AVANT-PROPOS.

Le style de la Femme.

Si le style est tout l'homme, il est dans une femme
La merveilleuse clef des trésors de son âme :
Reflet de la pensée, éclair du sentiment,
C'est après la pudeur son plus riche ornement ;
Parure de l'esprit, brillant sous mille faces,
C'est l'écrin du génie entre les mains des Grâces...

1842

INTRODUCTION.

Justice et vérité , don du cœur et de l'âme ,
L'impartialité que le bon droit réclame
Offre un génie à part d'intègre scrutateur ;
C'est l'esprit de l'histoire et son juge instructeur :
Sur le méchant heureux si le cœur se dilate,
Sur des faits révoltants si son courroux éclate ,
S'il est vrai, s'il est juste, il sera vénéré ;
Il doit être énergique et non exagéré.
Du classique sans faste éprise à sa manière ,
Sa franche loyauté suit l'antique bannière.
Le vers adulateur est souvent maladroit ;
J'aime l'historien au cœur pur , au sens droit.
S'il cherche par sa lyre à relever sa prose ,
Il croit que l'ampoulé n'est pas du grandiose.
Puisant à bonne source ,on voit dans son rapport
Sa plume à qui de droit donner raison ou tort ;
Et son flambeau , toujours doux foyer de lumière ,
N'est jamais en ses mains une torche incendiaire.
Son miroir, reflétant chaque grand souvenir ,
Eclaire le présent , avertit l'avenir.
Voilà sa mission , assez belle , je pense ,
Pour porter avec soi sa noble récompense.

Le Jury.

Sans avoir bien connu ce puissant tribunal ,
On a souvent outré son éloge banal.
D'un peuple grave et froid imitateurs serviles ,
Nous tenons les jurys et les guerres civiles :
Ces dernières pourtant sembleraient annoncer
Que le flegme anglican est près de s'éclipser.
Sujet trop délicat , ce n'est point à ma lyre
A distinguer ici la raison du délire ,
Si le peuple français , d'un naturel léger ,
Reçoit ses sentiments ou les fait partager.
Des mystères profonds le plus impénétrable ,
C'est bien le cœur de l'homme , et surtout du coupable.

L'accusé se présente au jury solennel :
Il n'est que prévenu , le juge est criminel.
Il devait à son Dieu respectueux hommage ,
Et de son propre juge il a soustrait l'image.
Craignait-il du salut qu'un signe respecté
Reprochât à son cœur son infidélité ?
Sur son front pâlissant le remords se reflète ,
Et comme l'accusé le cloue à la sellette.
Dans un exil honteux il voit la majesté ,
Qui, présente jadis , le comblait de bonté,
Et toujours disposée au pardon de l'injure ,
Lui remettrait encor la peine du parjure.
A son doux tribunal tendrement écouté ,
Le cœur par sa clémence est toujours acquitté.

Loin qu'aucun préjugé circonvienne notre âme ,
Soyons plus conséquents dans l'éloge et le blâme.
Censurant un despote avec juste raison ,
Quand il s'agit de mort , flétrissure et poison ,
Improviserons-nous des ignorants pour juges ,
Contre l'arrêt desquels il n'est point de refuges ?
Car le recours en grâce est un mode usité ,
Qui n'est point le vengeur de la société.
Tel voudrait bien passer pour être magnanime ,
Qui saisi de terreur n'est que pusillanime :
Relâchant le coupable , on s'en fait mépriser ;
Avec le forfait même on paraît pactiser.

Le jury connaît-il d'affaire politique ,
L'un craindra du pouvoir la sévère critique ;
L'autre , sans s'occuper s'il est coupable ou non ,
Protége le méchant pour son opinion.
La crainte des jurés s'est faite libérale.
Le crime a son excuse , et la peur sa morale.
Chacun deux veut trouver son doux palliatif,
L'un l'encouragement , et l'autre un lénitif.
Aux yeux du philanthrope , et pour l'âme tremblante ,
La circonstance étant toujours atténuante ,
Le scrupule se sauve et l'assassin aussi ,
Et la société retombe à sa merci.
D'un nouveau supplément le texte déplorable
Adoucit , nous dit-on , le juge inexorable.
Et moi j'ai vu souvent que ce nouveau contrat ,
Paralysant le juge , acquitte un scélérat.
Tel juré scrupuleux se croirait homicide
S'il condamnait à mort pour un infanticide.
Le pessimiste fait le vœu , sans raisonner ,
De ne jamais absoudre et toujours condamner.

Faible et compatissant , l'optimiste , au contraire ,
Croirait au monde entier comme à son Dieu déplaire ,
Se forger à plaisir des remords à toujours ,
Au féroce brigand s'il retranchait deux jours.
La plupart, n'ayant point d'opinion formée ,
Suit l'avis d'un rhéteur de quelque renommée.
　　J'estime le jury probe autant qu'éclairé ;
Mais la justice veut qu'il soit plus épuré.
　　Le jury criminel tel qu'en France il existe ,
S'il n'est modifié , formé sur autre liste ,
Prépare le désordre et peut l'organiser ;
On doit choisir le juge et non l'improviser.
　　De l'aveugle justice il faut briser le glaive !
Répète de Juillet un fanatique élève.
Je vote de tout cœur , s'écrie un esprit fort
Pour l'abolition de la peine de mort.
Que ne proclame-t-il dans sa prose ou ses rimes
La faute des vertus , l'innocence des crimes ?
Que dis-je ? ce principe a fondé les pouvoirs ,
De l'insurrection le plus saint des devoirs.
La Marseillaise aussi fêtait l'anniversaire...
On ne la chante plus , l'ordre est trop nécessaire...
Il faut nous replacer dans notre état normal ,
Dit le système heureux qui profita du mal
S'il ne l'a provoqué : mais sa tête est auguste ;
Pour qui l'attaquerait , la mort serait plus juste.
Naturel châtiment , la peine du talion
Dans son dogme confond la pourpre et le haillon.
L'échafaud ne rend point le complice rebelle ,
Il faut donc le sauver d'une mort trop cruelle.
Ainsi le révolté , s'il n'est pas le plus fort ,
Des bagnes bien peuplés attendra son renfort.
L'égoïsme faisant de la philanthropie :
Voilà tout le secret d'une vaine utopie.

L'Industrie.

Machine économique , usine à longs tuyaux ,
Monopole exercé sur les vents et les eaux ,
Je dois le dire ici , de vos flots de fumée
La cabane du pauvre est toujours alarmée :
Non que braves Français du feu soient effrayés ;
Mais leurs bras plus nombreux sont bien moins employés.
Quand ils manquent de pain , à votre économie

Ils doivent souhaiter un peu moins de génie.
  Secondés par nos bras, qu'un fleuve libéral
De son onde enrichisse un autre littoral ;
Que des canaux ouverts par l'ordre et la prudence
Au sein de la province apportent l'abondance ;
Heureux sur ses rivaux de remporter le prix,
Que l'Ourcq soit orgueilleux d'alimenter Paris ;
Qu'un fil d'acier, guidant son courroux sous la terre,
Préserve un monument des fureurs du tonnerre ;
Que la boussole soit pour le navigateur
Ce qu'un tube de verre est pour l'observateur ;
Que l'aiguille aimantée au nautonier indique
Les pôles, l'équateur, l'approche du tropique ;
Qu'un fluide captif annonce avant l'éclair
Les projets de la nue et les secrets de l'air ;
Du cours de la nature épiant les miracles,
Que Newton, Arago, saisissent ses oracles;
Qu'un scrutateur des cieux, d'après son méridien,
Distingue le temps vrai d'avec le temps moyen :
Je ne peux qu'applaudir aux belles découvertes
Qui ne font que du bien sans causer nulles pertes ;
Mais que d'avides cœurs, d'esprits entreprenants,
Voudraient faire en dix mois ce qu'on fit en dix ans !
L'onde ici, de son cours détournée et captive,
N'a plus droit de couler à son gré fugitive ;
Elle abreuve aujourd'hui la rue et le salon,
Et dessert à la fois la meule et le foulon.
Les nombreux journaliers privés de leur salaire,
Les bras toujours croisés, ne savent plus que faire ;
Et tous les ouvriers qui n'ont plus de valeurs,
Sauf les mécaniciens, se feront-ils voleurs ?
  Le pain est le trésor du sol que l'on défriche ;
Le pauvre s'en nourrit aussi bien que le riche ;
Il faut vivre avant tout : rien n'est plus dangereux
Que le désœuvrement d'un peuple malheureux ;
Car l'industrie en vain étale ses merveilles,
Misère n'a pas d'yeux, et faim n'a point d'oreilles.
A chacun son état, les armes au guerrier,
A l'artiste les arts, l'ouvrage à l'ouvrier.
  Là dans une prison que lui forme une écluse,
Asservi par la force ou dompté par la ruse,
Sous l'écrou de la vanne un fleuve retenu,
Semble dire en grondant : que suis-je devenu ! !
Jusqu'à ce que, rompant un indigne barrage,
Il porte dans les champs l'écume de sa rage ;
Ravageant la chaumière et les dons de Cérès,

Il devient un fléau , bien loin d'être un progrès :
Brisant les bastions dressés pour les usines ,
C'est la trombe en torrent se couvrant de ruines ,
Partant , un homme sage et désintéressé
Dit : le bien par le mal est souvent compensé :
Telle est cette vapeur qui supplée au mérite
Des voiles , des chevaux ; quand son ardeur s'irrite ,
Prompte comme la foudre , elle brise en morceaux
Les rails et les wagons , les corps et les vaisseaux.
Jadis du feu Grégois l'embrasement horrible
Etait des Phéniciens la défense terrible :
D'où vient , pour cumuler désastres et trépas ,
Que ce foyer de mort ne se rallume pas ?
Chaque siècle a ses mœurs , ses lois et sa patrie.
Notre siècle qu'est-il !... Celui de l'industrie !

DEUXIÈME ÉPOQUE.

INTRODUCTION.

Aveugles insensés, égarés dans l'orage ,
Contre notre bonheur nous avons combattu ;
Dans le port du salut nous avons fait naufrage...
Quel mal nous avaient fait l'amour et la vertu ?
La restauration que nous allons décrire
Fut l'honneur du pays comme sa sûreté :
Pour la remercier devait-il la proscrire ,
Et briser l'instrument de sa félicité ?

De la Monarchie.

Principes généraux. — Utopie représentative. — Galerie des plus mé-
morables rois de France, depuis Clovis jusqu'à nos jours.

Dans l'ordre universel un principe a sa place

Qu'un désordre envahit et jamais ne remplace.
L'usurpateur eût-il un million de soldats,
Il occupe le trône et ne le remplit pas.
Des constellations le cours hiérarchique
Semble être astreint aux lois d'un état monarchique.
La société vit dans un état normal ;
Pour le bien elle y reste, elle en sort pour le mal :
Ainsi la royauté, grande magistrature,
Suit le gouvernement de toute la nature.
Tout se lie et s'enchaîne à ce beau mouvement
Qui règne sur la terre ainsi qu'au firmament ;
Le grand moteur est Dieu qui partout se retrouve,
Avec lui tout est clair, sans lui rien ne se prouve.
Fidèle à son image aussi bien qu'à sa loi,
Quand je veux vivre en lui, je sens qu'il vit en moi.
Gloire, amour et lumière offrent l'auguste marque
Et le divin reflet du céleste monarque.
   Contre la monarchie et sa noble action
Le représentatif n'est qu'une fiction.
L'unité du pouvoir, aux cieux et sur la terre,
D'une vaine utopie est la critique austère.
Que ce soit un stathoudre, un doge, un président,
Il faut un centre unique, un chef indépendant ;
Et toute nation que son salut éclaire
Conçoit l'absurdité d'un trône populaire.
Quoique l'exemple ailleurs le prouve évidemment,
On peut bien par soi-même en parler sciemment.
Consultons maintenant les fastes de l'histoire,
Les annales de paix, de honte et de victoire.
   Clotilde rend pieux un premier roi français ;
De nos jours, une reine envie un tel succès.
Barbare et belliqueux sous Clovis et Clotaire,
De ces princes le peuple offrit le caractère.
Excusés par la gloire, usurpateurs adroits,
Les Martel, les Pepin se font proclamer rois.
Le peuple couronnant la valeur et l'audace,
En fit les fondateurs d'une seconde race.
Charlemagne paraît : ennemi du repos,
Elevant à sa taille un peuple de héros,
Il trouve encor le temps, par des soins tutélaires,
De conformer son peuple à ses Capitulaires.
Tout ce qui contribue à rendre l'homme grand,
Ce qui, parmi les rois, le place au premier rang,
Ces gloires dont son âme était comme investie,
Ces dons n'étaient primés que par sa modestie.
Bien loin qu'il s'en montrât l'orgueilleux prétendant,

On sait comme il reçut l'empire d'Occident.
Léon, du Dieu vivant le suprême interprète,
Dut épier son front pour couronner sa tête.
Bientôt par le saint-père, aux saints lieux prosterné,
Charles, à l'improviste, un jour fut couronné.
Et s'il ne s'était dit : C'est Dieu qui me la donne,
Il aurait refusé l'impériale couronne.
Il l'avait déjà fait, et dans sa bonne foi,
Il répétait souvent: C'est assez d'être roi.
Cette surprise fut comme un cachet céleste ;
Trophée, amour, vertus, se chargèrent du reste.
  Mais à Philippe-Auguste, en arrivant, je crois,
Quoiqu'il en soit de bons, j'ai passé dix-huit rois.
Tout ce qui doit rester au temple de mémoire,
Les codes et traités, monuments et victoire,
Ne furent point les fruits de princes fainéants ;
Les temps, comme les rois, forment leurs lieutenants.
Les dépravations des mauvaises époques
Naissent abondamment sous des rois équivoques.
Fasciner sa victime est l'instinct du serpent,
Il se traîne dans l'ombre et dévore en rampant.
Ainsi la perfidie, infâme adulatrice,
Par des chemins de fleurs conduit au précipice ;
Elle peut parvenir, mais s'élever.... jamais !
Philippe-Auguste a-t-il des rivaux désormais ?
L'ingrat qui poursuivrait son maître légitime
N'offrirait rien d'auguste, excepté sa victime.
Le nom d'Auguste est donc difficile à porter,
Plus difficile encor, sans doute, à mériter.
Quel Philippe pourrait, sans des grâces divines,
Se voir orné du nom du vainqueur de Bouvines ?
  Des monarques de France un des plus glorieux,
Louis neuf, ce bon roi, brave autant que pieux,
En faisant un appel au palais comme au chaume,
En Palestine aurait conduit tout son royaume :
Non moins cher aux Français, moins grand parmi les rois,
Quand d'un peuple assemblé pour consacrer les droits,
Juge de paix suprême, et sans suite, à Vincenne,
Il rendait la justice à l'ombre d'un vieux chêne.
  Par ses fiefs envahis, la féodalité
Voulait rivaliser avec la royauté.
Jaloux de son pouvoir et fier de sa personne,
Orgueilleux défenseur des droits de la couronne,
Louis onze, ombrageux, brise insigne et faisceaux
De tous les suzerains, tyrans de leurs vassaux;
Il étend, élargit la royale carrière

De tout ce qu'usurpait une morgue princière.
  Combien de rois cruels et superstitieux
Ensanglantaient la terre en invoquant les cieux !
Aux horreurs de la Fronde et de bien d'autres ligues ,
Le peuple combattait pour sauver des intrigues.
A Saint-Leu comme à Blois , trop riche ou trop puissant
Sous de perfides coups tombe un prince du sang.
Henri quatre et Louis , d'héroïque mémoire,
Ont formé leur Sully , leur Colbert à la gloire.
A ces deux souvenirs, Français, rallions-nous ,
Au temple glorieux fléchissons les genoux.
Génie impartial , dans le siècle où nous sommes
Compare maintenant , et juge bien les hommes.
Trouve-t-on, du premier jusqu'au dernier état,
L'illustre citoyen près du grand potentat ?
Et vous, industriels fiers de votre opulence,
Où sont vos monuments ? quelle est votre influence ?
Fins négociateurs de la paix à tout prix ,
Avez-vous reculé les bornes du pays ?
Et toi , quoique Bourbon , ou parce que , n'importe !
A Landau laisses-tu l'étranger à ta porte ?
Quand verrai-je à la France un roi contemporain
Pour limites donner les Alpes et le Rhin !
Sur l'Europe à nos lois encore obéissante
Reprendre l'ascendant d'une gloire puissante !
Timides successeurs de tant d'hommes si grands,
Où sont-ils vos héros taillés en conquérants ?
Avons-nous des Condés, des Bayards , des Turennes ?
N'aurions-nous pas plutôt des Byrons , des Mayennes !
Le poignard qui perça le cœur du bon Henri
Fut-il moins enfoncé dans le sein de Berri ?
Quel ministre mettrait, pour sauver la patrie ,
Ses meubles à l'encan , sa riche galerie !
Proposer d'alléger les charges de l'Etat
Pour les salariés serait un attentat.
Sully prouve à son roi le dévoûment d'un père :
Voici la différence... elle est grande , j'espère.
Si digne par son cœur entraîné vers le bien
Du beau nom d'homme probe et de roi très-chrétien ,
Sublime anachronisme au sein d'un siècle impie,
Sans que son sacrifice en rien le purifie,
Innocente victime, un second roi martyr ,
Louis seize a-t-il fait éclore un repentir ?
Non , car ses assassins et plus d'un grand complice
Sont trop souvent rentrés dans la sanglante lice ;
C'est sous le joug honteux de leur indigne loi

Qu'on vit gémir longtemps la patrie et la foi ,
Et jaillir trop souvent sous deux puissances vaines ,
La gloire de nos cœurs et le sang de nos veines.
République d'abord , Napoléon après ,
Vos glorieux lauriers sont changés en cyprès.
  De celui qui gouverne on reçoit l'influence !
Ses moindres actions tirent à conséquence ;
Les mœurs du souverain ont leur attraction.
Un maître corrompu corrompt sa nation.
Quand le scandale vient d'où l'on attend l'exemple,
Un palais est l'enfer lorsqu'il n'est plus un temple.
Un peuple dont l'honneur est la suprême loi
Respecte la vertu dans son sublime emploi.
Comparons maintenant la probité nouvelle
Du premier au dernier des degrés de l'échelle.
Sans un respect d'esclave ou le tribut d'un sot ,
Qui pourrait vénérer Humann , Soult et Guizot ?
L'un veut nous foudroyer , l'autre nous mésallie,
Le traitant sans pitié nous sabre et nous spolie.

La conquête d'Alger.

  Redirai-je d'Alger la conquête si belle ,
Qu'un monde tout entier se trouve derrière elle ,
De l'altier musulman cet outrageant affront
Qui lancé de sa main rejaillit sur son front ?
Un chef audacieux de la piraterie
Pensait apparemment , dans son effronterie ,
Que du soleil français le disque éblouissant
S'éclipserait soudain en face du croissant.
Le lion africain croyait , rêvant le crime ,
Porter dans son repaire une dépouille opime.
Son orgueil s'était dit sur son roc appuyé :
Français , ton vain courroux me fait vraiment pitié !
J'ai contre ta colère , injuste ou légitime,
Allah pour protecteur , pour allié l'abîme.
Puis tu n'ignores pas que d'autres avant toi
Avaient osé venir pour me faire la loi :
Que sont-ils devenus ainsi que leurs menaces ?
Ce que tu deviendras en marchant sur leurs traces.
Ainsi parlait le dey , superbe et confiant
Dans un triomphe aisé ; parfois aussi croyant
Que notre ambassadeur, confus mais sans défense,
Serait comme l'esclave insensible à l'offense;

Qu'étouffé dans son cœur et sur son front terni
Un outrage sanglant resterait impuni ;
Que perché sur son roc le corsaire invincible
Pourrait bien assouvir sa rage inaccessible ,
Continuer encor sur cent peuples divers
Sa rapine en tribut , ses triomphes pervers ;
Gorgé d'or , saturé d'innocentes victimes ,
Eriger ses forfaits en exploits légitimes.
Mais par la violence ou par de faux amis
Quel sceptre est assuré, quels trônes affermis ?
Comme audace souvent injustice succombe ;
Son or ne sauve pas l'avare de la tombe.
En menaçant le ciel, l'athée est foudroyé ;
Plus il tombe de haut, plus Icare est broyé.
Tel est l'enivrement d'un aveugle Tartare,
Il se croit tout permis parce qu'il est barbare.
Représaille d'un roi justement irrité
Affranchit d'un tyran toute la chrétienté.
La leçon., il est vrai, fut juste , mais sévère ;
Charles dix a brisé le forban comme un verre :
Conquête de mon roi , que vas-tu devenir !
Le présent me tourmente et je crains l'avenir.
Si cette colonie allait être rendue,
Que de sang prodigué ! que de gloire perdue !
Je tremble quand je vois succéder à Bourmont,
Au maréchal Vallée , au brave Danrémont,
Protégé du système et son âme damnée ,
Le geôlier trop connu de.... d'une infortunée.
Pour grandir un rival dans un simple soldat ,
Il fit d'Abd-el-Kader presque un vrai potentat.
Traité de la Tafna, boudjoux, fanfaronnades,
Combinaisons sans fruit, et vaines promenades,
Voici jusqu'à présent ses exploits belliqueux ,
Féconde stratégie en résultats verbeux ;
Jusqu'à ce que porteur d'une clause secrète,
Il opère peut-être une triste retraite.
Pouvoir , rougirais-tu de demeurer vainqueur ?
Serait-il vrai qu'Alger soit à charge à ton cœur ?
Acceptons la conquête avec reconnaissance ;
Bénissons-en l'auteur , puisque c'est pour la France.
    Pour déclarer la guerre ou conclure la paix ,
Vit-on Charle ou Louis prendre avis des Anglais ?
Pour s'emparer d'Alger et soumettre l'Espagne,
Ils ne consultaient point... ils entraient en campagne.
Pourtant nous espérons qu'aujourd'hui mieux instruits ,
Français, de vos lauriers vous sauverez les fruits.

Nous pensons, Talleyrand, que contre ta coutume
Tu servis ton pays dans ton œuvre posthume;
La publication ordonnée à ta mort
A ses yeux mieux ouverts palliera plus d'un tort,
Si l'on doit au regret d'avoir trahi tes maîtres
La promulgation des trop fameuses lettres.

Le Tombeau.

De notre âme immortelle effrayant passe-port,
Certificat de vie, attestat de la mort,
Noble affranchissement pour le cœur qui s'envole,
D'un repos sans bonheur mytérieuse école,
Inévitable fin, tombeau qui nous attend,
Où chacun tour à tour, méchant et bon, descend,
Quand les restes du crime en ton sein vont se rendre,
Fastueux mausolée, honores-tu leur cendre?
Souvenirs des vertus, parfum délicieux,
Voilà les ornements qui décorent le mieux.
Le plus modeste signe et la plus humble pierre
Sont les doux talismans d'une sainte poussière;
Les mille croix du pauvre offertes à nos yeux
Semblent de tous leurs bras joindre la terre aux cieux.
Qui n'a point ressenti sur la tombe profonde
Où repose le corps de sainte Radégonde,
Où ne pénètre pas la lumière du jour,
Un sentiment secret de respect et d'amour?
Ainsi de Charles dix la dépouille mortelle
Reposant humblement au pied d'une chapelle,
Enveloppait une âme avec des attributs
Dont l'ombre exhale encor le parfum des vertus:
Quand son âme est au ciel, des vers triste pâture,
Son corps a-t-il besoin d'orgueilleuse sculpture?

TROISIÈME ÉPOQUE.

Juillet, Maroto, etc.

Sous les débris fumants d'un siége monarchique
Remplacé par les ais d'un grabat anarchique,
Quand l'émeute aux bras nus, son poignard brandissant,
Fait jaillir des pavés ses oracles de sang;
Approche, dira-t-elle à son vieux camarade,
Je te fais aujourd'hui roi de ma barricade;
Si tu veux m'obéir, je te promets l'honneur
De reconnaître en toi mon bien digne seigneur.
Blanchi dans la carrière, un vétéran réplique :
J'ai tout ce qu'il vous faut pour votre république;
Je fus dans l'autre monde un Lycurgue guerrier,
Mais je préfère ici les pavots au laurier.
Quoique effet naturel d'un cœur pusillanime,
Sa générosité semblait un trait sublime,
Et bien que son orgueil parût humble et discret,
Dans son for intérieur on prétend qu'il souffrait.
Il désirait qu'on dise, inaugurant son maître :
Il put faire des rois et n'a pas voulu l'être.
En faveur d'un ami, l'illustre protecteur
Des palmes de la rue est le dispensateur.
Que de calleuses mains, que de vineux miasmes
Ont déposé sur lui leur salé enthousiasme !
Du baptême de boue une fois saturé,
Chaque jour son orgueil s'exhaussant d'un degré,
Finit par se jouer de la tourbe imbécile
Qui fit au fin matois un chemin si facile.
Le lionceau jadis qu'on pouvait caresser
Sent ses dents s'allonger et ses griffes percer.
On le croyait encor soliveau de la fable,
Que déjà cormoran, bien plus glouton qu'affable,
Il croque à belles dents tout bavard effronté
Qui confond la licence avec la liberté.
Que conclure aujourd'hui de tout ce qui se passe ?
Du jour au lendemain le crime se surpasse ;
Bientôt, pour arrêter ses progrès malfaisants,
On ne trouvera plus de moyens suffisants.
Je croyais que les rois, déités secondaires,

Du bon droit outragé protecteurs solidaires ,
S'unissaient pour venger le pouvoir usurpé ;
Que leur propre intérêt... Mais je m'étais trompé :
Dans un vocabulaire édité pour les crimes ,
L'égoïsme et l'honneur seraient-ils synonymes?
Que vois-je ? trahissant les plus braves soldats,
Tout un état-major de Deutz et de Judas.
Que le siècle ose dire , en juge débonnaire :
Notre monde , aujourd'hui , va mieux qu'à l'ordinaire ;
Le vice est en horreur, on soutient la vertu ;
Je t'interrogerai , cœur droit , qu'en penses-tu ?
    Lorsque l'ingrat jouit , sans que rien ne l'engage ,
L'orgueilleux du pouvoir , le traître de son gage ,
Tout cœur qui lui servit de conseil ou d'appui
Vient naturellement se rallier à lui.
Entouré d'intrigants qu'il n'aime ni n'estime ,
Et qui lui rendent bien ce tribut légitime ,
Il affecte des airs de popularité
Qui se font les garants de leur fidélité.
Plus il aura forfait à la reconnaissance ,
Plus il fera valoir sa moindre bienfaisance.
Mais le divin nectar , les postes favoris ,
Sont toujours réservés aux complaisants chéris.
Pour savourer les fruits d'un pacte solidaire ,
Rien n'est tel qu'un palais de grand référendaire.
Comme de vingt serments pour déguster le mets
Les nouveaux chanceliers sont les meilleurs gourmets ,
C'est avec ces derniers que sur la politique
On pourrait faire un cours de trahison pratique ,
Et que de Raphaël un infâme traité
Devrait être revu , corrigé , complété.
    Que devient la morale après la couardise ,
Qui du plus noble état fait une marchandise ,
Sans brûler une amorce et l'épée au fourreau ,
Comme avec son égal traite avec un bourreau ,
Et des sueurs du peuple ose solder un traître
Pour livrer à ce prix son armée et son maître ,
Quand son vil instrument , son premier suborneur ,
Au lieu de l'infamie obtient la croix... d'honneur ?
France , en proie au fléau de ton mauvais génie ,
Quel sera le vengeur de ta gloire ternie !
    On voudrait vivre en paix ; la révolution
Ne brise point ainsi sa sphère d'action.
On croit associer , dans le siècle où nous sommes ,
Les mœurs avec les temps , les choses et les hommes.
C'est la confusion de la tour de Babel !

Fait-on fraterniser Caïn avec Abel ?
Pour qu'on pénètre mieux son ténébreux mystère,
Le crime quelquefois commande sur la terre.
Sans la vertu pour base et l'honneur pour ciment,
On bâtit sur le sable un frêle monument.
Le vice triomphant ne peut être durable,
Dieu renverse ou flétrit son pouvoir déplorable.

L'Education. — Statistique morale, religieuse, sociale et politique de la France.

En proclamant bien haut le mot de liberté,
Un despote a surgi, c'est l'université.
Nous sommes tous égaux sous le même servage,
Bien moins devant la loi que devant l'esclavage.
Tous nos enfants sont serfs, et comme un vil troupeau
Sous la même férule et le même drapeau
Ils vont subir le joug de cette suzeraine,
Qui perçoit ses impôts comme une souveraine.
Elle veut qu'avec l'or par trimestre soldé
Le cœur des jeunes gens lui soit inféodé.
Il faut penser, agir, même parler comme elle,
Sinon mis à l'index tout Français est rebelle.
Je dois dire, en voyant les tristes résultats
Des élèves perdus, des écoliers ingrats :
Laissez au choix du père et l'étude et le maître !
Ce que son enfant doit ignorer ou connaître,
Il le sait mieux que vous... Mais cette liberté
Compromettrait l'abus de votre autorité.
Pour ne plus nous bercer d'une vaine espérance,
Reprenons en détail l'enseignement en France.
Soit par l'indifférence ou l'incrédulité,
Nous allons voir partout un rival aposté,
Sorte d'impôt forcé de l'école primaire
Dont son talent mesquin se fait le mercenaire,
Rançonnant la cabane autant que la cité,
Dont le moindre défaut est l'incapacité.
Professeur de l'échoppe, orateur de la halle,
C'est là qu'il tient souvent son école normale;
Spontané bachelier, improvisé docteur,
Personnage important qu'on nomme instituteur,
Ennemi né du prêtre, il étend sa colère
Des franges de l'étole au blanc rabbat du frère.
Les frères, dira-t-il, sont de tous les partis,

De nouveaux capucins , jésuites travestis ,
Par cet aveu naïf il leur rendra justice ,
Car sans distinction ils offrent leur service.
   Inspire-t-il jamais, le bon frère chrétien ,
Les principes du mal ou la honte du bien ?
L'a-t-on vu quelquefois, passant de droite à gauche ,
Fomenter la révolte et prêcher la débauche ?
Il n'a pour exercer sa pieuse raison ,
Que son cœur charitable et son humble oraison.
Ne croyons point pourtant qu'il soit si rétrograde;
Si dans l'académie il ne prend point de grade ,
C'est qu'il sert par état et par conviction
Sa patrie et son Dieu sans ostentation ,
Qu'il instruit par devoir , généreux par principe
Comme ceux de Henri les amis de Philippe.
Ce qu'est devoir pour l'un , pour l'autre est un métier :
Auquel des deux le cœur doit-il se confier ?
   Le fier état-major des places de l'école
S'entretient largement des droits du monopole.
Je n'aborderai point l'orgueil du personnel,
Régiment dont chacun se croit le colonel.
A l'hermine devant ta gloire et ton bien-être,
Osant prendre avec elle un titre de grand maître ,
De Fontanes distant... du grand jour à la nuit,
Toi qui veux nous léguer pour salutaire fruit
Un grand code moral ou plutôt politique
Dont les préfets devront surveiller la pratique
Jusqu'aux lieux vénérés où la religion
N'avait d'autres témoins que sa sainte onction,
A tes agents faut-il ouvrir le sanctuaire ?
Aux tribunaux sacrés n'auraient-ils point affaire ?
Des esprits et des cœurs qui seraient sous ta main
Que voudrais-tu donc faire , imprudent Villemain ?
   Coup d'œil faux en morale et louche en politique ,
Voilà le résumé de Guizot le sceptique.
De la droite raison le sophisme vainqueur
Nous offre pour doctrine un strabisme du cœur.
Le transfuge de Gand, jadis légitimiste,
Septembrisant la presse, est déjà terroriste.
Quel effrayant progrès !... Tel est le genre humain ,
S'avançant au hasard dans un obscur chemin.
Tels sont les novateurs des rebelles écoles
Qui du Sauveur du monde altèrent les paroles.
Tels sont les fondateurs d'utopiques essais
Cimentés par le sang , scellés par des excès :
Trop heureux quand , cédant sans secousses extrêmes,

Ces colonnes sans base écroulent d'elles-mêmes !
Au gré d'hommes sans foi le culte gouverné
D'estime et de respect est-il environné ?
Ainsi qu'un sous-préfet on place un archevêque ;
On confondra bientôt Sion avec La Mecque.
Un fils de Saint-Louis honorer Mahomet !
Serait-ce un vil conflit qu'un chrétien se permet ?
Pour conquérir la mître et gagner son salaire ,
Tout culte, quel qu'il soit , a son thuriféraire.
Ce parfum de louange à dessein apprêté
Est bien loin d'exhaler l'odeur de sainteté.
Nous entendrons bientôt la foi Saint-Simonienne
Avec la femme libre entonner son antienne.
Religion du ciel , faut-il s'en prendre à toi
Si l'homme méconnaît ton principe et ta foi?
S'il est des parvenus jusques au sanctuaire
Qui devraient bien gémir sur ton drap mortuaire?...
Mais , que dis-je? la mort, ni l'enfer ni l'orgueil
N'escorteront jamais ta dépouille au cercueil.
Le Sauveur nous l'a dit , ton fondement c'est Pierre ,
Ta tête est dans les cieux et ton cœur sur la terre.
Dieu lui-même a placé sous sa protection
Le trophée immortel de sa religion ,
Et pour les temps d'épreuve il laisse ses Villèle,
Ses Bonald , ses Crouis , qui veilleront sur elle.
Un culte vrai n'est dû qu'à la Divinité.
Quand l'adulation tient lieu de vérité,
Impur et prodigué, l'encens ternit l'étole;
Le mensonge n'a plus ses dieux au Capitole.
Dans un poste éminent tel s'étant prélassé
Par sa propre grandeur est comme terrassé.
Par degré l'on arrive aux qualités meilleures ,
On n'improvise pas des vertus supérieures.
Il est des dignités où , pour être installé ,
Par le vœu général il faut être appelé ;
Sans viser l'intrigant, le flatteur , l'hypocrite ,
Il est des choix tout faits par ordre de mérite :
C'est en ratifiant un choix providentiel
Qu'un prince orne la terre et réjouit le ciel.
Lorsqu'un dominateur à chaque culte impose
Le précoce tribut de son apothéose ,
Sa vanité croit-elle , en ce terrestre lieu ,
Voir son Sosie encor dans chaque demi-dieu ?
Le vieux polythéisme et d'Athène et de Rome
Métamorphose-t-il un pygmée en grand homme ?
Dans son illusion peut-il bien se bercer ?

2.

Mais qu'importe l'erreur qui vient l'influencer ?
De Vulcain expirant les fureurs vengeresses
Suivent Jupin tremblant jusqu'en ses forteresses.
S'il fronçait le sourcil, le monde était troublé :
Sur son trône lui-même est-il donc ébranlé ?
Sans rappeler ici les cyclopes modernes ,
Les forgeurs de boulets , constructeurs de casernes ,
On voit chaque ministre à son fort détaché ,
Qui contre les vertus a son démon caché.
La tribune a tonné sur un crime ordinaire ;
Souvent un coryphée est concussionnaire (1).
Humann ne l'est-il pas , lorsque cet effronté
Veut percevoir l'impôt avant qu'il soit voté ?
Sans compter des crédits l'écume qu'on amasse ,
Les fortificateurs sont coupables en masse ;
Non moins criminel qu'eux, un bill d'indemnité
Couvre sans la cacher une infidélité...
Dans la paix à tous prix l'émeute trouble-fête
Laisse à peine aux heureux où donner de la tête.
Prendre sur son repos et sa félicité
N'est pas un doux tourment pour une autorité ;
Mais il faut de l'argent , beaucoup , en toutes hâtes ,
Pour les urgents travaux des noires casemates.
On croyait découvrir dans le recensement
Pour raviver l'impôt un second aliment :
Dans la nouvelle voie alors qu'on s'achemine ,
On craint l'explosion d'une terrible mine.
Recourir à l'emprunt est encore un délit ,
C'est d'une autre ruine affronter le conflit :
Mieux vaudrait emprunter sur certaines cassettes ,
Et mettre la dépense au niveau des recettes ;
Mais pour le budget-monstre il est un dévoûment
Qu'il faut bien satisfaire , et vite et largement.
Telle grasse que soit l'abondante curée ,
Par une ardente meute on la voit dévorée :
Enfin le gros gâteau n'a que trop d'amateurs ,
Et les moins affamés n'en sont pas les auteurs.
Un seul remède est bon dans cette grave affaire ,
On devra tôt ou tard ou périr ou le faire.
Il faut que le malade, épuisé dès longtemps ,
Appelle un médecin et non des charlatans.
L'audacieux essai de plus d'un ministère
A sa source bien haut qui n'est point un mystère.

(1) Interpellation à Thiers.

C'est l'aigle du Caucase, ou plutôt le vautour,
N'osant franchir encor les créneaux de sa tour.
Lorsque, faible, timide et sans expérience,
Son mérite naissant était la patience,
Vainement sur sa proie il se fût abattu ;
Sachant que maintenant sa force est sa vertu,
Le noir tyran des airs impudemment s'avance,
Et sur chaque victime impunément se lance.

Défaut de surveillance.

En vain les d'Audifret, d'autres probes encor,
Se sont constitués les argus du trésor.
N'était-ce point assez de ce budget immense,
Dont on vient chaque année augmenter la dépense?
Faut-il encore, après qu'on a tout pressuré,
Qu'un trésor sans gardien soit sans cesse obéré !
J'appelle ce trésor tonneau de Danaïde,
Vide aussitôt que plein, aussitôt plein que vide :
On y fouille toujours et sans scrupule aucun,
Comme si le pillage était de droit commun !!...
  Le vampire, qui suit sa sanglante pâture,
Tant qu'il peut la sucer s'attache à sa capture ;
Le pirate, qui vit de honte et de butin,
A de nouveaux excès rêve soir et matin ;
Telle est cette sangsue avide, insatiable,
Que l'on nomme le fisc : toujours impitoyable,
C'est un torrent fangeux ravageant à son gré
La cabane du pauvre et le lambris doré,
Bien loin de s'épancher en salutaire fleuve,
Pour sauver l'orphelin et protéger la veuve.
  Je sais qu'il faut payer clergé, juge, soldat,
Tenir avec honneur les rênes de l'Etat,
Pourvoir à tout service urgent et nécessaire,
Comme il faudrait punir ingrat, traître, faussaire;
Que pour encourager de sublimes élans,
Il faut récompenser la gloire et les talents ;
En fait de croix d'honneur qu'on devrait au plus digne,
Je sais que bien des cœurs n'ont visé qu'à l'insigne.
Je sais que l'invalide, à l'abri du besoin,
Reçoit dans un hôtel le plus généreux soin :
L'hôtel était fondé.... mais d'autres sans retraite
N'ont point sur leurs vieux jours où reposer la tête.
C'est qu'on ménage encor le soldat en ce lieu,
Et qu'on redoute peu la milice de Dieu.

Mais dans le triste état de l'époque où nous sommes ,
On croit harmoniser les choses et les hommes.
Comment de l'avenir séparer le passé ,
Rendre économe Thiers , Soult désintéressé ?
Voir changeant tout à coup la pensée immuable ,
Recevoir à regret l'or du contribuable ?
Autant vaudrait chercher dans Humann un Colbert ,
Un Sully dans Guizot , dans Bugeaud un Fabert.
Afin de s'attacher la morgue qu'on soudoie ,
On sait la garrotter dans des cordons de soie ;
Puis au palais vénal esclave déporté ,
On fait un humble pair d'un trop fier député ,
Et par ces grands moyens le pouvoir accapare
L'envieux , l'intrigant , l'orgueilleux et l'avare.
Par le respect humain tout serait-il changé ,
Au chant du coq gaulois le cerveau dérangé ?
Trahir ses sentiments est faiblesse blâmable ;
Quand on rougit de soi peut-on être estimable ?
Dans quel Code a-t-on vu l'auguste vérité
Se relâcher parfois de son austérité ?
Trouve-t-elle aujourd'hui , beaucoup moins scrupuleuse ,
Le crime édifiant , la vertu scandaleuse ?
Certes non... inflexible en tout temps , en tout lieu ,
Le principe éternel , la vérité c'est Dieu.

Suicide.

Du monde je quittais l'océan politique
Pour me réfugier sur la mer Pacifique.
Les flots et les déserts ne m'offrent plus d'abri ;
Le suicide y vient , j'entends son dernier cri.
Fuyant l'ingratitude et ses obliques routes ,
Je trouve en mon chemin la plus noire de toutes.
S'il est le bouclier de l'humble chasteté ,
Même ici-bas le ciel punit l'impureté.
Toi vieillesse impudique , arceau de chair fragile ,
Dont la voûte fléchit sur deux piliers d'argile ,
Tes rares cheveux blancs ne t'avertissent pas
Pour descendre au tombeau que tu n'as plus qu'un pas !!
Envers ton frêle corps chaque jour homicide ,
Par les moindres excès tu te fais suicide.
  Honneur , vertus et foi n'étant plus de saison ,
Le désordre est partout , même dans la raison ;
Elle voit trouble alors que sa philosophie

Comme la boue aux pieds croit secouer la vie ;
Qu'à l'instant même où l'homme est en proie au malheur,
Le néant a le droit d'abréger sa douleur.
Qu'il soit désabusé ; lorsque l'homme se tue,
C'est son tourment alors que la mort perpétue :
Il ne peut s'abîmer au gouffre du néant,
L'enfer ne laisse pas son supplice vacant.
Continuant déjà sur l'affreuse victime
Le poison ou le fer qui consomma son crime,
Un esprit ténébreux, complétant son dessein,
Est encor le poignard qui déchira son sein.
Le charbon qui causa la fatale asphyxie
Éternise un charbon qui dévora sa vie ;
Pas plus que le néant, l'effroyable cahos
N'a le droit d'assurer un injuste repos.
Ce cahos que le crime a cru si pitoyable
Ne recèle ou n'absorbe aucune âme coupable.
C'est pourtant dans l'espoir d'obtenir un tel sort
Que l'incrédule attend ou se donne la mort.
Ce serait pour le crime un commode refuge ;
Mais Dieu ne permet pas qu'il échappe à son juge.
Parce qu'il fut impie, ingrat et mécréant,
Quel droit aurait l'athée à jouir du néant !
L'athée ou vif ou mort ne peut se fuir lui-même,
Il n'a pour réclamer que la voix du blasphème.
Le suicide apprend, trop tard désappointé,
Que son triste voyage est pour l'éternité,
Ce que du Créateur la consigne trahie
Réserve au déserteur du poste de la vie.

Panthéisme.

Mais un nouveau phénix a la prétention
D'exhumer de sa cendre une religion ;
Que sa vieille foi morte un jour ressuscitée
Pourra flatter l'ingrat et consoler l'athée.
De bassesse et d'orgueil, mélange incohérent,
Egoïsme sans cœur, prothée indifférent,
Qui croit fuir dans la plante ou la pierre ou l'atome,
La justice divine et les destins de l'homme ;
Être vain, ravalé par un sort si fatal,
Quelle gloire as-tu d'être ou brute ou végétal ?
Pourtant ce nouveau culte appelé panthéisme,
Corollaire honteux du matérialisme,

Aux yeux de la sagesse et de la vérité,
Est un texte grossier joint à l'absurdité.
Afin de protéger son aveugle système,
Il voit des dieux partout pour s'adorer lui-même.
De la matière il passe à ses illusions,
Et divinise ainsi son corps, ses passions.

Fortifications de Paris.

Dans la ville assiégée où le fléau domine,
Qui peut prévoir les maux de l'horrible famine?
La tendre mère a dit à son fils au berceau :
Ménage bien ce pain, c'est ton dernier morceau.
Mais, ô crime sans nom! forfait contre nature!
Cette mère elle-même égorge l'innocent,
Saturé de sa chair, abreuvé de son sang;
Le sein qui l'a porté devient sa sépulture!
Ce fléau, ce forfait qui glacent de terreur,
D'un siége de Paris nous retracent l'horreur.

Victor Hugo. — Sa réception à l'académie.

Dans l'homme ambitieux quel mobile est vainqueur?
Les uns disent l'esprit et les autres le cœur.
S'ils ne le sont tous deux, l'un peut ramener l'autre.
Lamennais et Hugo, quel mobile est le vôtre?
Toi, Lamartine aussi, ton instabilité
Fait un dommage immense à la société.
Unis comme un faisceau de trophée et de gloire,
Vos talents aux vertus promettaient la victoire.
Les temps sont bien changés! l'aimant du vrai bonheur
Ne vous attire plus dans l'île de l'honneur!
Le rebelle parjure et l'orgueil indocile
Vous font perdre en ce port tout droit de domicile.
« L'honneur est comme une île escarpée et sans bords,
» On n'y peut plus rentrer dès qu'on en est dehors. »
T'élever au dessus de Racine et Corneille,
C'est être né sans cœur, sans goût et sans oreille,
Voir dans le cèdre altier un flexible roseau,
Croire Ulysse sincère, Achille damoiseau;
C'est l'hérésie au sein de la littérature,
Osant fronder les lois de la belle nature;

C'est marier dans l'art , si classique et si beau ,
La gloire et le mépris , le cygne et le corbeau ;
Prêter à Philomèle un rauque et dur ramage ;
C'est confondre du paon la voix et le plumage.
   Présomptueux déchu , crois-tu , Victor Hugo ,
Atteindre ou surpasser *qu'il mourût... quos ego ?*
Dans tes conceptions qu'as-tu donc de sublime ,
Si ce n'est trop souvent l'héroïsme du crime ?
   Tu devrais essayer de venger Locusta
De l'arrêt infamant que le jury porta.
Tu pourrais , par ta voix horriblement puissante ,
A force de noirceurs la rendre intéressante.
Type d'un drame-monstre atrocement fécond ,
Quel abîme de cœur plus large et plus profond !
Ton crayon aussi noir que l'âme de Cappelle
Pour s'exercer jamais n'eut de chance plus belle :
D'un siècle corrompu défaillante raison ,
Peux-tu te restaurer et vivre de poison !..
   Il ne fallait rien moins que ton mauvais génie
Pour l'école du vice et de la félonie.
C'est toi qui l'as fondée.... avec ce talisman
Qui travestit l'histoire en lubrique roman....
   Quand l'arbre séculaire extirpé par l'orage.
Laissait un sol ingrat sans fruit et sans ombrage ,
Auxiliaire vil des fougueux aquilons ,
Le souffle des méchants adulateurs félons ,
Sur le front indigné de la noble patrie
Plaçait pour auréole une branche flétrie :
Mais par un supplément aux révolutions ,
Ton génie a trouvé les substitutions.
Saltimbanque exhumé d'une horrible avalanche ,
Tu veux que le pouvoir saute de branche en branche ;
De prince à prince mieux vaudrait l'hérédité ,
Qu'une ente sans vertu , rameau d'un tronc gâté.
Dévoûment de commande à chaque dynastie ,
Mercenaire tribut, banale sympathie ,
Si Thiers , du présomptif te faisant le menin ,
S'adjoignait au conseil le loyal Cormenin ,
Il me semble t'entendre en style mi-gothique
Préconiser César , Brutus , Caton d'Utique.
Penses-tu qu'un gâchis de pompeux apparat
Sur des brouillards épais fonde un beau majorat ,
Et de la chambre haute aidé de ta cohorte ,
Comme à l'académie escalader la porte ?
Ton pathos décousu plus vain qu'oriental
Comme un hatti-schérif se croit monumental.

N'était-ce point assez, pour corrompre la scène,
De faire conspirer Thalie et Melpomène?
Fallait-il que ta muse au rang des immortels
D'un temple glorieux profanât les autels?
Que ta verve, croyant dans sa folle indécence
Moduler les plaisirs, fredonnât la licence?
    Canal jadis si pur, creusé par le bon goût,
Réduit à recevoir le trop-plein d'un égout,
Moderne académie, à ton indépendance
Qui pouvait imposer cette condescendance?
Quand sous la faux du temps tu tombes ou déchois,
Crois-tu te raviver par de semblables choix?
Si la corruption naît d'un infect mélange,
Ainsi l'âme se souille et le cœur se fait fange
Par le contact impur d'obscène fiction
Qui met le vice en jeu, le crime en action;
Prostituer les arts, les dons de la nature,
C'est à l'ingratitude ajouter l'imposture.
Hugo, ton Apollon aux accents dangereux,
Bouleversant les cœurs, les rend-il plus heureux?
Professer en public l'inceste et l'adultère,
C'est outrager le ciel et mépriser la terre.
Dans ce hideux sentier marche sans reculer;
Garde ton rôle afin qu'on sache à qui parler.
Quand un monstre paraît à face découverte,
Chacun s'arme à l'envi pour conjurer sa perte.
Mais si, prothée, il peut tous les masques choisir,
Il échappe à la main qui voudrait le saisir.
Favori de Juillet, de toi rien ne m'étonne.
Mon indignation ne surprendra personne,
Car ton vers bas et dur autant que dépravé
N'a remué que trop la boue et le pavé.

**Peuplades sauvages. — Massacre des Missionnaires
dans l'Inde.**

    Juillet dans son triomphe a trouvé son excuse,
Le succès justifie et le revers accuse:
N'avons-nous donc pas vu le forçat libéré
Dont l'épaule est flétrie et le sein décoré?
Autre temps, autre mœurs; chassant Tarquin de Rome,
Darmès comme Brutus eût passé pour grand homme.
Fanatique assassin répète aussi bien haut:
Le crime fait la honte et non pas l'échafaud.

En poursuivant son ombre ; impuissante victime ,
On épargne souvent le véritable crime.
    On voit fort peu de Monch et beaucoup de Cromvel :
Tous les moyens sont bons , a dit Machiavel ,
A qui veut parvenir. Mais la foi politique
Est rarement féconde en loyauté pratique.
Il n'en n'est point ainsi du céleste courroux
Qui par ses éléments se manifeste à nous.
Sur nos têtes si Dieu fait gronder son tonnerre ,
Si sous nos pas souvent on sent trembler la terre ,
Ne nous abusons pas , c'est pour nous avertir
Que s'il la fait trembler , il peut l'anéantir.
    Comparons maintenant l'Esquimaux d'Amérique ,
Le peuple d'Hottentots aux régions d'Afrique ,
Tout ce qui reste encor d'idolâtre païen ,
Même en y comprenant le Siamois et l'Indien :
Les enfants du désert , les sauvages peuplades
Auraient-ils comme nous aussi leurs barricades ?
Dans le choix qu'ils ont fait de femmes et d'époux ,
Sont-ils plus inconstants , plus haineux , plus jaloux ?
Quand la religion aux devoirs nous rappelle ,
L'amour est-il plus pur , notre âme plus fidèle ?
Au cœur de la famille , au sein des grands états ,
L'ordre est-il moins troublé par d'affreux attentats ?
La promesse chez nous étant moins hasardée ,
La foi de nos traités est-elle mieux gardée ?
A ces êtres sans frein sommes-nous supérieurs ?
En quoi nous montrons-nous plus justes et meilleurs ?
Si de Vénus encore ils adorent l'image ,
Des idoles de chair ont aussi notre hommage.
Pourtant de l'Homme-Dieu la prédilection
Nous ôte tout prétexte à la séduction.
    Mais j'apprends un massacre en lointaine contrée ,
Dont la tiédeur française est à peine effleurée :
La sainte mission et ses nombreux pasteurs ,
Des pontifes en butte à des persécuteurs ,
En généreux martyrs de la foi catholique
Ont scellé de leur sang un zèle apostolique.
L'enfer a-t-il vomi des Nérons , des Juliens ?
Sur la terre est-il né quelques Dioclétiens ?
Des tortures d'où vient cette réminiscence ,
Des coins , des chevalets cette recrudescence ?
Je combats une idée horrible à concevoir ,
L'expulser de mon cœur n'est plus en mon pouvoir.
De ma pensée , hélas ! voici le noir mystère :
Le nom français irrite et le ciel et la terre !!!

Quand la religion ne doit plus protéger
Ceux dont la mission est de la propager ,
C'est qu'un peuple païen , renvoyant l'anathème
A des sujets ingrats dont il haït le système ,
Avec leur souverain confond les factieux
Qui ne prêchent que meurtre et désordre en tous lieux.
Si l'idolâtre sait la trahison d'Espagne ,
Ministres, ajournez une sainte campagne.
Je crois entendre dire aux cruels mandarins :
Que faites-vous ici , malheureux pèlerins ?
Venez-vous de la part de vos cupides maîtres
Féconder le parjure , encourager les traîtres ?
Les amis des Anglais , pirates suborneurs ,
Sans doute sont comme eux , brigands, empoisonneurs !
Et des bourreaux soudain les haches toujours prêtes
Frappent de nos martyrs les innocentes têtes.
Du plus pur sang versé par l'amour fraternel ,
Qui sera responsable aux yeux de l'Eternel ?

Observations et aphorismes religieux et politiques.

Tel est notre horizon toujours gros de tempête ,
Qu'il menace à la fois le cœur , l'âme et la tête.
Depuis qu'il ne fait plus d'actes religieux ,
Le siècle veut passer pour consciencieux,
Ombre de la vertu, moderne hypocrisie ,
Dont la réalité n'est que l'apostasie ;
Sanctuaire isolé sans autre Dieu que toi ,
Conscience , qu'es-tu sans principe et sans foi ?
Parjures et forfaits , meurtre , sédition ,
Sont les nœuds obligés de l'usurpation.
Pour conserver des droits étayés sur l'estime ,
La légitimité n'a pas besoin de crime.
Ame de l'univers que la nature atteste ,
Dieu , pourquoi frappes-tu , dit l'orgueilleux savant ,
Charles du choléra , saint Louis de la peste ?
La sainteté périt , l'infidèle est vivant !...
De ta vaine pitié leur bonheur te dispense ,
Ils n'ont souffert qu'un temps pour être heureux toujours ;
Le juste et le coupable auront leur récompense ,
Leurs palais ne sont pas d'immuables séjours.
Un asssassin de roi se prépare et s'escrime ,
Il prend, sans passe-droit , son tour numéroté ;
On a semé le vice , on recueille le crime.

Est-ce là le progrès de notre liberté?
Bannir Dieu de la loi, c'est un vrai déicide,
C'est vouloir la morale et son chef au tombeau :
La doctrine souvent est bien plus régicide
Que le fer de Damiens et le plomb d'Alibeau.
 Quand docile au Seigneur et soumis à son maître,
Un peuple presque entier se prosterne au saint lieu,
Quel digne souverain craindrait de reconnaître
Qu'il est roi très-chrétien par la grâce de Dieu (1)?
 Prince, de qui tiens-tu cette belle couronne,
Gage d'anxiété plus que d'un heureux sort,
Si ce n'est d'un pouvoir qui l'ôte et qui la donne,
Se réservant sur toi droit de vie et de mort?
 Qui sut paralyser l'action homicide?
A qui peux-tu devoir cette insigne faveur?
Quatre fois tu reçus la salutaire égide.
Si ce n'est Dieu lui-même, où donc est ton sauveur?
 Tu tremblerais peut-être à la voix d'un prophète :
Nul ne sait dans quel but le ciel t'a préservé;
Si c'est pour un triomphe ou pour une défaite,
Nous ne savons pourquoi le Seigneur t'a sauvé.
 Lorsque le courtisan fête la Saint-Philippe,
Il n'agit point ainsi sans raison et sans fin;
Le saint n'est que l'effet, plus haut est le principe :
Ce principe qu'est-il, sinon le droit divin?
 Par son ange gardien l'âme étant présentée
Paraît sans tache aux yeux du juge souverain,
Et l'Eglise, écrivant sous l'auguste dictée,
Grave un saint nom de plus sur ses tables d'airain.
 Rome est le Sinaï de la nouvelle église,
Les oracles du ciel y sont manifestés;
Le saint-père pour nous est un autre Moïse,
Qui transmet du Seigneur les saintes volontés.
 Sachons apprécier cet état où nous sommes;
Prisons la différence et du juge et du lieu.
Un aveu nous condamne au tribunal des hommes,
Un aveu nous absout au tribunal de Dieu.
 Céleste président des assises pieuses,
Résumant les griefs du cœur et de l'esprit,
Le prêtre, subjuguant les passions fougueuses,
Lève sur notre front la main de Jésus-Christ.
 Mais cette main déjà, d'une étreinte robuste,
A serré le démon dans son dernier réduit.

(1) On fait justice d'une absurde interprétation dans la prose.

Elle frappe à la fois et si fort et si juste,
Que le vice succombe et le démon s'enfuit.
Lorsque la foi, marchant de conquête en conquête,
S'empare du foyer de l'incrédulité,
Le cœur est subjugué bien plus tôt que la tête,
L'esprit de l'orgueilleux est le dernier dompté.

L'Agonie méritoire.

Croit-on qu'à l'agonie une âme est insensible,
Quand le calme apparent sur un front vient régner?
On se trompe; aux douleurs elle est plus acccessible;
C'est alors que sa plaie a besoin de saigner.
Dût la fibre du cœur s'amollir, se détendre,
Ne pouvoir exprimer ses regrets, ses adieux;
Un regard, que le monde a cessé de comprendre,
De sa vue étoilée arrive encore aux cieux.
Un repentir soudain, aussi vif que sincère,
Frappe directement l'oreille du Seigneur.
Au lieu d'une éternelle et terrible misère,
D'un Dieu compatissant l'homme obtient le bonheur.
Il portait du chrétien le nom et la livrée,
Par le respect humain ce beau titre est perdu;
Au cri de ses remords la grâce est recouvrée,
A ces vertus d'alors le mérite est rendu.
La souffrance de l'âme est une sainte chose,
Dans l'agonie aussi la douleur est un don.
Mortel, ne compte pas sur l'effet sans la cause;
Non, non, sans repentir il n'est point de pardon.
Qui doit se rallier dans notre circonstance?
Est-ce le bien au mal? Non, mais les cœurs au bien:
Le salut est pour tous d'une grande importance,
Autant comme Français que comme bon chrétien.
Mais pour y parvenir, quel moyen faut-il prendre,
Et comment arriver à ce double bonheur?
Pour l'intérêt commun il ne faut que s'entendre,
Il faut.... concilier les devoirs et l'honneur.
A la dévotion le vrai dévoûment vise,
Tous deux ils sont issus du même sentiment;
C'est le frère et la sœur, dont la sainte devise
Est une foi gardée inviolablement.
La confiance en Dieu consiste à se soumettre
A tout ce qu'il nous fait, comme à ce qu'il nous dit;
Sa colère parfois impose un mauvais maître,
Mais l'espoir d'un meilleur n'est jamais interdit.

Ciel, cherchons un appui dans ta miséricorde ;
Entre les bons Français rétablis la concorde ;
Que chacun dans sa sphère, avec ou sans pouvoir,
Poursuivant le bonheur comprenne son devoir;
Que d'un regret puissant la douleur honorable
Ne trouve parmi nous personne d'incurable.
Laissons à qui de droit le permanent mépris
De la honte à toujours, de la paix à tout prix :
Et nous préférerons, dans notre noble envie,
L'honneur aux monceaux d'or, et la gloire à la vie.

FIN DE L'OUVRAGE.

ÉPISODES.

Quénisset.

Que de peuples conquis par les aigles romaines
Devinrent les jouets d'usurpateurs adroits !
Au lieu d'une couronne, ils leur donnaient des chaînes;
Des esclaves pompeux s'appelaient peuples-rois.
Mais les demi-tyrans qu'autres temps ont vus naître
Voulaient mettre à profit toutes les passions :
Lorsque l'on n'a le droit ni la force d'un maître,
On nourrit les partis dans leurs illusions.
Des monarchiques lois bien loin d'être l'apôtre,
L'atroce jacobin, comme il en est encor,
Pense qu'un roi n'est point un homme comme un autre,
Que sur ce monstre il a droit de vie et de mort.
Quand ta main de ton arme a lâché la détente,
Quénisset, quelle rage alors t'a commandé ?
Quel était ton espoir, ton désir, ton attente ?
Poursuivais-tu d'Aumale, Orléans ou Condé?
Heureux, interrompit sa féroce réplique,
Qui dans un seul Bourbon pourrait en tuer trois !
Car le passé m'apprend que pour la république
Il faut du sang de prince avec du sang de rois (1).

(1) Son dernier interrogatoire ne répond pas au premier.

Peuple sans frein bientôt s'unit aux régicides :
C'est le tigre affamé sans chaîne et sans barreau.
Mais peut-on concevoir qu'il trouve des séides,
Même dans sa fureur, quand il se fait bourreau ?
　　Sous les lambris dorés ainsi que sous le chaume,
Je viens le demander aux cœurs de bonne foi,
Quel gage peut offrir la conduite de l'homme
Qui n'est pas plus fidèle à son Dieu qu'à son roi ?
　　Peut-on flatter l'erreur sans aduler le vice,
A la sédition prescrit-on des délais ?
On ne garde qu'un temps l'émeute à son service ;
Elle veut gouverner la rue et le palais.
　　L'administration despotique ou servile
Ne saurait éviter du sang l'effusion.
Aujourd'hui c'est un prince, et demain une ville ;
Quand l'un échappe, l'autre est en combustion.
　　Quel remède apporter à cet état critique ?
Nous le répéterons jusqu'à satiété,
Un légitime droit lègue au corps politique
Un principe de vie et de stabilité.
　　Proscrivant la vertu pour faire place aux crimes,
Quand le traitre et l'ingrat sont craints ou caressés,
Quand les rois n'offrent plus de leçons magnanimes,
Qui nous dira s'ils sont plus méchants qu'insensés ?
　　Quand la position paraît insupportable,
Il faut encor pourtant savoir la supporter.
La puissance du ciel sera plus charitable ;
Mais pour nous l'obtenir, il faut la mériter.
　　On s'est flatté parfois, comme on se flatte encore,
Qu'un fier usurpateur peut être généreux
Au point d'abandonner un trône qu'il adore,
S'il était assuré de rendre un peuple heureux.
　　C'est une illusion contre la vraisemblance ;
Il garde sans remords ce qu'il prit sans effroi :
L'orgueil de la justice a brisé la balance :
On se repent de tout, excepté d'être roi.

Fourrier.

Il est un nouveau culte, admirable, sublime,
C'est de l'esprit humain un effort magnanime.
Mais, ô sinistre affreux ! le divin histrion
A laissé le fétiche à l'état d'embryon.
C'est dommage vraiment pour l'homme et pour la chose !
Mais par le don secret de sa métempsycose,

Son esprit a trouvé son continuateur,
Et dans lui nous avons un double créateur :
Abondance de bien ne peut nuire sans doute !
On ne saurait poursuivre une plus sainte route.
Comme il faut un prodige à la création,
Nous devrons ce mystère à sa succession.
　Plus généreux que Dieu, son nouvel évangile
Ennoblirait le corps plus souple et plus agile.
　Tout ce que la raison peut avoir de pitié,
S'épuise à ce tableau dont je sauve moitié.
　Dans un vaste local, de nombreux unionistes
Recevront les leçons des docteurs fourriéristes,
Et préparant ainsi l'émancipation,
Disposeront les cœurs à la grande union.
Nous sommes au berceau, le monde est dans l'enfance ;
L'homme étant le plus fort, la femme est sans défense.
Tout cela doit changer par des perfections
Que le réformateur promet aux nations.
Il nous prédit des temps la longue période,
En règle l'action, la durée et le mode :
Quarante-sept mille ans est le terme fixé,
Auquel le genre humain ou le monde est taxé.
Ainsi dans sept mille ans des langes où nous sommes,
Affranchis à la fois, la nature et les hommes,
Livrés à leurs penchants sans honte et sans regrets,
Seront adolescents sous les lois du progrès.
Age d'or, qui pourrait décrire ta puissance
Et les fruits savoureux de ton adolescence ?
Pour le bonheur commun tout va recommencer :
Plus de guerre ; l'amour devra tout remplacer ;
Des éléments nouveaux régénérant la terre
Ne se combineront que par ce doux mystère.
Jésus-Christ reléguant le bonheur dans les cieux,
Notre félicité ne s'en trouvait pas mieux.
On soumettra l'esprit aux lois de la matière,
Ce sera le besoin de la nature entière.
Relevée une fois du souverain mépris
Que lui portaient jadis tant de mauvais esprits,
Elle fera jouir en tous lieux comme en France,
De ses présents réels, non de vaine espérance,
Tous les êtres heureux mieux placés sous sa main,
Sans jamais négliger les droits du genre humain.
Associant nos corps au bonheur de nos âmes,
Mais sans leur accorder ni louanges ni blâmes,
Dans le conflit nouveau de son invention,
Fourrier a travesti la résurection.

N'aurait-il point aussi pour arrière-pensée
Un paradis terrestre, un nouvel Elysée?
Dans son monde charnel il purifie en nous
Ce qui peut du grand Être exciter le courroux.
On voit luire souvent dans sa foi libérale
Sur un nuage épais des éclairs de morale.
Il n'impose à personne un beau rêve qu'il fait,
C'est à prendre ou laisser comme rêve ou bienfait.
　Je crois, quand la raison aux fictions s'allie,
Sans vouloir mépriser un état de folie,
Encor moins outrager l'homme droit et loyal,
Que l'apologue doit avoir un sens moral.
　Dans Ida, dans Fourrier on trouve les semblables,
Ils ont les mêmes traits, seulement comme fables.
Mais une antipathie entre eux doit exister:
Dans un combat à mort on les verrait lutter,
Si l'esprit de Fourrier dans la même balance
A son sosie osait offrir sa ressemblance.
Je descendrais trop bas, je monterais trop haut,
Moi-même je mettrais ma sagesse en défaut,
Si dans l'enseignement dont Fourrier est l'apôtre
J'hésitais à chercher un dieu semblable au nôtre.
Quand on voit dans le type un aveugle insensé,
Le ciel dans sa folie est désintéressé.
　Qu'importe d'où ressort un vain néologisme,
Aussi bien dans ses mots que dans son éclectisme?
Qu'aux régions d'Herchell il se tienne un congrès
Où chaque passion représente un progrès?
Mais dans sa serre-chaude une race flétrie
Ne servira pas mieux son Dieu que sa patrie.
Qu'importe au thème faux contraire à ce qu'on croit,
Qu'il ne soit point conçu par un génie étroit?
Pour vrai réformateur le Christ s'est fait connaître:
Qui peut mieux m'éclairer lorsque j'ai Dieu pour maître?

Chute du duc de Bordeaux.

L'ouvrage est terminé par la chute du duc de Bordeaux, enca-
drée dans une allégorie ou fiction poétique.

　Au camp des ennemis un triomphe s'apprête,
Une perfide joie est son digne interprète.
Ainsi que par la foudre un sinistre apporté
Frappe des bons Français le cœur épouvanté.

La mort glacerait-elle un cœur d'enfant de France ,
Qui faisait concevoir la plus belle espérance?
Devait-il recevoir le nom de Dieudonné
Pour naître , végéter , mourir abandonné !
Quel est ce porte-voix du plus noir de oracles
Qui dispose du sort de l'enfant des miracles?
Alors qu'il vient briser notre cœur alarmé ,
Ce messager funeste est-il bien informé ?
   Un grand prophète a dit... Avant la fin du monde
L'antechrist doit répandre une terreur profonde ,
Et pour donner le change aux bons comme aux pervers ,
Le prince des démons sortira des enfers.
Ces bruits , cette terreur que l'écho nous répète ,
Sont-ils du dernier jour la première trompette ?..
   Que fais-tu loin de nous , céleste Vérité?
Sauve notre horizon de son obscurité...
Du crépuscule encor la brise avant-courrière
Retenait ses longs cils collés à sa paupière :
Ce n'était point le jour , ce n'était plus la nuit ,
Mais l'heure où vient l'aurore, où le vain songe fuit.
Contre la Vérité la trahison ourdie
Sort de son lit de pourpre une reine engourdie.
Son trône s'exhaussant au souffle du zéphir
Semble se détacher d'un dôme de saphir.
Sur l'océan des airs la Vérité lancée
Change en feux de rubis sa couronne glacée.
S'approchant par degrés de notre région ,
Son âme n'a plus rien du froid septentrion.
   Bannissez , dit son cœur , toutes vos craintes vaines ,
Gloire au fidèle sang qui coule dans vos veines !
Assez et trop longtemps d'avides flagorneurs
Ont osé propager leurs accents suborneurs.
Calmez , amis , calmez votre sollicitude ;
Le Seigneur vous sait gré de votre inquiétude ;
Il bénit vos regrets et vos soins si touchants :
S'il laisse triompher les ingrats , les méchants ,
Il éprouve les bons pour les rendre plus dignes ,
Ici bas , comme au ciel , de ses faveurs insignes.
Souvent pour le maudit la peine a commencé
Avant que son éclat soit encore effacé :
Ainsi dit , poursuivant son active carrière ,
La sainte Vérité sur son char de lumière.
   Puisque au poison du faux l'antidote est porté ,
Exposons le tableau d'un triomphe avorté.
   D'une auguste famille irritant les alarmes ,
Le génie infernal lui préparait des larmes ;

L'antipathie acquise à tant de sainteté
Se promettait beaucoup d'un cheval indompté ;
On dit qu'on a vu même une figure étrange ,
Telle qu'on nous dépeint celle du mauvais ange ;
Qu'un esprit ténébreux qui ne rêve que mal
Sous sa face hideuse effrayait l'animal ;
Qu'à l'aspect de ce monstre , à son maître invisible ,
Aux aides comme au frein il devint insensible ,
Quand , pour désarçonner un petit-fils de roi ,
Il bondissait en vain et se cabrait d'effroi.
Henri d'une saccade a maîtrisé la lutte ;
Mais le cheval fougueux l'écrasait dans sa chute ,
Intervenant soudain , si le bras du Dieu fort
Allégeant le fardeau n'eût conjuré la mort.
    Du coursier renversé la colère brûlante
Vomissait la fumée et l'écume sanglante.
Dans sa rage il semblait , se relevant d'un saut ,
Contre son ennemi revenir à l'assaut.
De qui tiendrait-il donc cette horrible manie ,
Si ce n'est du malin , de l'infernal génie ?
S'est écrié le peuple enclin au merveilleux ,
Croyant voir un démon encor plus périlleux
Qui heurtait méchamment l'essieu d'un char rustique ,
Comme s'il fût saisi d'un transport frénétique.
Dans l'étreinte de fer où l'a précipité
Le choc impétueux du cheval irrité ,
Le noble cavalier cachait une fracture ;
Le dévoûment trahit l'innocente imposture.
De l'estime publique un prince environné
Jusque sur son brancard est moins infortuné.
Si l'amour de Goritz apaise sa souffrance ,
Qu'il est doux à son cœur l'intérêt de la France !
    Mais accordant au prince un salutaire appui ,
La Providence veille et sur nous et sur lui.
Le fidèle docteur dont la main est si sûre ,
Qui du cœur de son père a sucé la blessure ,
Au risque du poison qu'elle peut renfermer ,
Garantit qu'il n'a rien qui nous doive alarmer ;
Que dominant toujours ses angoisses cruelles ,
Son âme s'est montrée encor plus forte qu'elles ;
Que recouvrant l'aplomb avec le mouvement ,
Henri marchera *droit et ferme* incessamment.
Cet heureux avenir , le présent le confirme :
Non ! non ! l'enfant du ciel ne sera point infirme ;
France , ton fils réclame un généreux soutien :
Puisse un jour son bonheur contribuer au tien !

Des manœuvres pourtant la plus noire est osée ,
La spéculation d'une mort supposée !!
Pour sonder les esprits , il était évident
Qu'on voulait essayer d'un trafic impudent.
Du trépas inventé le honteux artifice
Veut-il nous préparer au plus grand sacrifice ?
Echo mystérieux de cette fausseté ,
Dis-nous si c'est l'envie ou la cupidité
Qui répétaient les sons d'une trompette fausse ,
Quand la Bourse éprouvait une infidèle hausse ?
Par les Rostchild ces bruits furent-ils préparés?
Ou d'autres que ces juifs s'en sont-ils emparés ?
   Le prince du mensonge à l'instant se révèle ,
Satan eut ses courtiers exploitant sa nouvelle :
Ce fut alors qu'advint l'ange de vérité ,
Et de sa sainte voix l'avis accrédité
Que le funeste bruit n'était qu'une imposture
Pour mettre quelque temps nos cœurs à la torture.
Sur certain dévoûment si nous avions un cours ,
On le verrait contraint à fléchir tous les jours ,
Quand le cours élevé d'un tribut légitime
Se maintiendrait pour ceux qu'on aime et qu'on estime.
   Aux princes résignés au sort que Dieu leur fait ,
S'il n'offre un prompt secours , qui refuse un souhait ?
Le ciel permet souvent , quoi qu'on dise et qu'on fasse,
Ainsi que le bonheur que l'adversité passe.
Mais une fois par eux le droit sacrifié ,
La haine chez les rois remplace la pitié...
Certes , s'ils avaient tous un pareil caractère ,
Il faudrait prier Dieu d'en préserver la terre.
Mais rendons grâce au ciel de l'institution ,
Race royale monstre est une exception.

FIN.

Poitiers —Imp. de F.-A. SAURIN.